あすなろ日記

腰部脊柱管狭窄症
入院生活151日間

櫻野 泰樹

東京図書出版

まえがき

平成二十四年八月二十七日が、この話の出発点である。十五年ほど前から「脚のふらつき」という病に取りつかれていた。最近その症状が進んできたように思っていた矢先、ラジオの『健康ライフ』という番組で「脚のふらつき」について、専門の医師が話をしていた。「このような方は一度病院で検査を」と言うその医師の言葉で訪れた先が、自宅から近い駅前に最近新しく建て直された病院で、この春、健康診断で診察を受けたK病院であった。受診先は整形外科、初診で担当した先生に、悪くなってから十五年ほど経つと言う私の話に「よく我慢しましたねえ……」と。「ところが足に痛みが無いものだから」と言う私に「ふうん」と頷く先生、「とりあえずレントゲンを撮りましょう、MRIの予約をさせて下さい」。

二週間後の九月十日、二度目の診察を受けに病院へ向かった。MRI撮影後、写真を前に、前回の先生と対面し、説明を受けた。

「背中の骨の部分の神経の通路である脊柱管が狭くなり、神経を圧迫しています。他の先生にも診てもらいましょう」。ここから担当がベテラン医師に代わることになる。病名は「腰部脊柱管狭窄症」という診断がくだり、「入院して治療しましょう」ということになった。

先生から、「ふらつき」の原因は首からくる事もあるので九月二十日にもう一度来て、首のMRIの写真を撮り、その時に入院日を決めるという話をされた。

九月二十日、三度目の受診に向かった。整形外科受付で受診表を渡すと、首のMRIの撮影から始まる一連の、入院前の検査用紙を渡された。首の撮影後、採血、採尿、心電図、肺活量等々、全ての検査を終え、受付に戻り受診の順番を待った。やがて、医師からの呼び出しがあり診察室へ。先生が、首の写真を示しながら、異常無いとの事であった。そして「入院日は、十月一日でどうですか?」と問われ、分かりましたと承諾、入院手続きと称する書類を渡された。この時は、手術というような話はなく、点滴とリハビリ等による治療という事である。続いて、看護師さんより、入院当日持参する物品等の細やかな説明があった。承諾書等の書類、掛かり付けの医院からの投薬、及び常備薬の全て、入院生活上の携帯品等についての話があった。

目次

第一節　最初の入院

◆十月一日(月)　入院一日目

こうして、三度目の受診から十日後の十月一日に入院する事になり、十時までに受付に来るようにとの事で、家内と病院へ向かった。受付で入院手続きを済ませ、迎えに来た看護師さんの案内でA棟五一九号室へ入った。病室は、新築されたばかりの綺麗な部屋で、入り口の右側にトイレ、左側に洗面台が設置されている。ベッドの横には衣類、所持品などが収納でき、テレビ、冷蔵庫も備えられた、コンパクトに設計された、キャスター付きの棚が設置されていた。室内は四人部屋で、それぞれカーテンで仕切られている。この時は、まだどなたも入室されておらず、私が最初であったが、午後になると二名の方の入室があった。

入室して暫くすると、一人の看護師さんが現れた。「私は看護師のYと言います。櫻野さんの入院中は、私が担当します。何かありましたら遠慮なく申しつけて下さい」と挨拶した。そして「早速ですが体温と血圧を測らせて下さい」。測定後、「自宅で飲んでいた薬がありましたら、預かります」と言って受け取った。かっぷくの良いベテランらしい看護師さんだった。尚、看護師さんはこの方の他に、毎日代わる、日代わり看護師さんが居て日常の看護に当たってくれる事も後で分かった。夕刻に主治医の回診があった。そして入院最初の夜がきた。夕食は六時、消灯は九時、起床は六時、朝食は八時という事である。

◇十月二日㈫　入院二日目

入院生活が始まった十月二日、今日は私の七十七歳の誕生日で「喜寿」を迎える年齢になっていた。朝は六時起床、看護師さんが部屋の点灯をしながら、「時間ですよ、おはようございます」と声をかける。朝食は八時、食事の片付けが終わって、暫くすると看護師さんが血圧と体温の測定に来た。そして「今日の担当です、宜しくお願いします」と挨拶された。そして、今日から治療の為という点滴を午前と午後の二回、更にリハビリを、理学療法士の先生の指導のもとで毎日行うという説明を受けた。午前十時、一回目の点滴を行う。終わるまで約一時間かかった。昼食は世間と同じ十二時。午後二時、看護師さんの案内でリハビリ室へ。担当の療法士の先生が両足の筋力を確かめた上、「左足の筋力が弱いですね」と指摘された。取り敢えず足の筋力アップからと、ゴムの帯状で長さ約二メートル、幅十二～十三センチくらいの製品、帯の端と端を結んだ輪を椅子の背に掛け、反対側を両方の足首に掛けて、足首を前後させる運動を二十分くらい、次に先生がベッドでの軽いマッサージをして、初日という事もあり終了した。病室へ帰ると二回目の点滴が待っていた。

夕食は六時、後はテレビ鑑賞で、消灯時間の九時となった。

◆十月三日㈬　入院三日目

六時起床、外は雨模様、今日の担当看護師による、血圧と体温測定。この件は毎日の日課らしい。午前の点滴九時五〇分より、一時間程、午後のリハビリは昨日と同じ運動。終了後シャワーを浴びる。このシャワーは、看護室前の予定表に朝、希望時間を申し込み、その時間帯の二〇分間を利用して素早く済ます事になっている。四時より二回目の点滴、家内が飲料水と新聞の差し入れに来てくれた。

◆十月四日㈭　入院四日目

六時起床、晴れ。午前と午後の点滴は何時もと変わらず。午後のリハビリは一時に変更された他は変化なく、夕方の回診は、整形外科部長と主治医が来た。リハビリの様子を聞いた先生方の話で、場合によっては手術が良いかもしれない、と言って帰っていった。

◆十月五日㈮　入院五日目

六時起床、晴れ。担当看護師による、体温と血圧測定、午前、午後の点滴は通常どおり。午後リハビリ、内容が少し変わった。平行棒に手を添え、間に置いた踏み台に足を交互に乗せたり外したりする運動が取り入れられた。四時頃、家内から着替えとお茶の差し入れがあった。

◆十月六日㈯　入院六日目

朝から雨、今日は土曜日でリハビリは休み、点滴のみ実施。看護師さんの人数も少なく、病室への出入りも少ない事もあり、何となく静かな雰囲気だ。だが午後になると見舞い客等で賑やかになった。私にも家内から、着替えと新聞、水等の差し入れがあった。

尚、この家内の病院通いは、今後退院まで、ほとんど毎日続く事になる。

◆十月七日㈰　入院七日目

リハビリ無し、点滴のみ実施。一週間経ったが治療の結果は、あまり改善されたように思われない。家内が買い物ついでに来たと言って、立ち寄ってくれた。

◆十月八日㈪　入院八日目

今朝、回診の折に主治医の先生より説明があった。今の治療をもう少し続けた後、ブロックという注射を試みると言ってくれた。何時も通り、午前、午後の点滴とリハビリ。ゴム帯による足首トレーニング、平行棒。自転車ペダル漕ぎが新しく加えられた。午後四時シャワーを浴びた。

◆十月九日㈫　入院九日目

今日も午前、午後の点滴とリハビリで一日を終えた。入院生活も慣れてくると退屈さが見舞う。テレビも新聞も興味を失くしてしまい、見る事で疲れる。

◆十月十日㈬　入院十日目

毎日のメモと予定を記入する手帳がある。今日は、掛かり付けの泌尿器科の診察予定があり、時間は午前十時となっている事が分かった。電話で入院中である旨説明し了解された。午前、午後の点滴と、リハビリは予定通り済ませた。

◆十月十一日(木)　入院十一日目

午前、午後の点滴、リハビリは何時も通り実施。夕刻、整形外科部長と担当医の回診あり、「十五日と、二十二日にブロック治療を実施して、効果が無い場合には手術という事で良いですか?」と問われた。ブロックが効かない時は、手術もと覚悟していた私、「分かりました、宜しくお願いします」と承諾した。

◆十月十二日(金)　入院十二日目

二日目から続けていた点滴を終了する、と突然看護師さんが言った。理由は分からないが、多分医師の指示と思われる。午後のリハビリのみ実施した。

◆十月十三日(土)、十四日(日)　入院十三、十四日目

リハビリも休みで、テレビと古新聞。リハビリをかねて院内の階段を、五階から一階まで往復してみた。右足にしびれを感じた。

入院十四日目。決められた事が何も無いと、退屈なものであった。

◇十月十五日㈪　入院十五日目

朝食後、今日の担当看護師さんが、血圧と体温を測定後、「今日のリハビリは九時からです。その後十時からブロック治療を行います。主治医の先生が来られないので、代わりに整形外科部長さんが行います」と伝えてくれた。リハビリを終えて、病室へ戻ると看護師さんが、ブロック注射の準備をしますと、ベッドの横に運んできた準備品を並べ終え、「チョットお待ちください。先生を呼んできます」。先生が来て「ベッドでうつ伏せになって腰のあたりを出すように」と指示され看護師さんの手を借りながら準備した。先生が右側の尻の上あたりに針を刺して、薬を注入した。「二時間くらい安静にした後、立ち上がって歩いてみて下さい」と先生、また後で来ますと帰って行った。言われたように、二時間くらい過ぎてから、恐る恐る立ってみた。すると左足の膝あたりがガクン、ガクンと折れるようで、立っていられない状態だったのですぐにベッドに戻った。後で先生にその事を話したら「それは効果があったのかもしれない」と言っていたが、その後あまり効果はなく、変わらない状態が続いた。

◇十月十六日㈫　入院十六日目

一日二回の点滴と午後のリハビリを再開した。夕方六時過ぎに主治医の先生が回診にみえた。

ブロック後の状態を聞かれたが、あまり変わらないと応えるしかなかった。先生は「取り敢えず二十二日に、ブロック治療をもう一回やって効果が無いようなら、手術についての日程を考えましょう」と言った。

その後十七、十八、十九日は点滴とリハビリを繰り返したが、二十日、二十一日の土日は何もなく、暇な時間を持て余すようだった。

◆十月二十二日(月)　入院二十二日目

朝食後、例によって担当看護師さんが、今日の日程を知らせに来た。リハビリは午前十一時からと、ブロック注射は午後一時との事である。一時過ぎに看護師さんが、前回と同じように、準備品を載せた車を押してきた。今度は主治医の先生で、注射の場所は左側だった。「二時間くらい経ったら立ち上がって歩いてみて下さい」と言って帰って行った。二時間後に歩いてみたが、前回と同じように少し膝の辺りに変化があった程度で、あまり変わらない状態であった。後で来た先生にそのような話をした。うなずきながら聞いていた先生が、突然「明日退院出来ますか」と言いだした。メモを見ながら、出来たら明日一旦退院して、二十九日の十時三十分に病院へ来て欲しいとの事。承諾した私は、家内にメール連絡をして、明日退院するので、午前十一時三十分までに、迎えに来て欲しいと伝えた。

◇十月二十三日㈫　入院二十三日目

そして今日、一旦退院する事になった。ベッドで身の回りを整理していると、看護師さんが現れ「二十九日に来院の際、整形外科の受付に来る前に、レントゲン室でCTの写真を撮影して下さい」と、予約表を渡された。

十一時頃、五階の事務職員より退院手続きの書類を受け取り、一階の総合受付で、退院手続きを済ませて帰宅した。

◇十月二十九日㈪

予定通り病院へ、主治医より手術の説明があるという事で、家内も同行した。指示通りレントゲン室でCTの撮影を終え、整形外科の受付へ予約表を提出して、呼び出し番号を待つ。やがて呼び出しがあり、診察室へ。主治医から、入院日十一月十二日、手術日は十四日と決定したと言う、そして手術の詳細について話をした。先ほど撮影したCTの写真を前に、「あなたの病気は『腰部脊柱管狭窄症』と言い、簡単に言うと、背骨の内部の神経の通路である管が狭くなり、神経が圧迫された状態の病気で、主に加齢による原因が多い」と説明がされた。「手術はこの狭くなった骨を削り取る事によって、神経の圧迫を取り除く手術です」。削り取った後を固定する為に金属の釘のような物（インプラント）で固定させる手術で、退院まで一カ月半から二カ月という事である。そして、骨が完全に固定されれば、金属は取り外す事も可能であある、という事であった。以上の説明の後、十一月六日に、入院前の身体検査と、術後に着用するコルセットの計測に来院するようにと指示があった。

◆十一月六日㈫

予定された通り、九時三十分に整形外科の受付へ。看護師さんの指示に従って、採血、採尿、心電図を済ませ、他にコルセット製作の為、装具屋さんの計測を済ませた。尚、製品は入院当日病室へ届けるという。費用は現金払いであるが健康保険が利くので、市役所の窓口へ書類申請するように、証明書を後で持参するという事であった。

この後、会計を済ませ帰宅した。

一週間後には再入院という事になる。

第二節　再入院

◆十一月十二日(月)　再入院一日目

私は過去に入院した事が二度ある。一度目は、平成二十年、白内障の左目の手術で二日間の入院。二度目は、平成二十三年、鼻の脇に出来たホクロが癌と診断され、術後三日間の入院、どちらも短期の入院で、どちらも有名な私立大学病院であった。それに比べると今回は地方の中堅クラスの病院である。入院期間は最低でも一カ月半はかかるという事で、私にとって初の長期入院となる。覚悟しなければと思った。

こうして十一月十二日、再入院の日が来た。当日は前回と同じように、十時までに入院手続きをするようにとの指示で、家内と共に病院へ向かった。受付であらかじめ渡されていた手術、輸血に関する書類手続きを済ませ、迎えに来た看護師さんと共に、今回も十月一日と同じ五一九号室へ入った。いよいよ此処から長期入院が始まる事になる。尚、担当看護師は前回と同じ方であった。

入院については、前回の経験があるので、気分的には楽であった。

◆十一月十三日㈫　再入院二日目

午後、リハビリがあった。先生は前回と同じ方で、顔を合わせると「オオまた来たね」と言われ、「よろしくお願いします」と挨拶。

リハビリの内容は、おおむね前回と同様の運動であった。

夕方、装具屋さんがコルセットを届けに来た。試着した後、健康保険提出用の証明書を置いて行った。

明日の手術に備え、夜の食事以降の食べ物は、水か、お茶以外禁止、更に、明日九時以降は水、お茶も禁止された。手術は午後一時と決定した。

◆十一月十四日㈬　再入院三日目

運命の一日が始まった。朝の早い七時に女性の麻酔医が来て、「今日の手術の麻酔は私が担当します」と挨拶された後、「麻酔を打つ時に手術の場所を尋ねますので、背中の骨と応えて下さい」と言われた。その後、手術の時間は午後一時と看護師さんが知らせに来た。

午前十一時頃、「腸内を空にする為、浣腸します」と看護師さんが来た。気分的には良いものではないが、今は全てを任せるしかない。「お腹がゴロゴロしてきたら早めにトイレに行って、出来るだけ全部流して下さい」と言われた。二度ほどトイレに駆け込んですっきりしたところで、再び看護師さんが来て、「どうですか、出ましたか」と言われ、「ハイ大丈夫です」と応えた。次に「下着を全部取って、この手術着に着替えて下さい」。指示に従った。後は、時間を待つだけとなる。

十二時過ぎに立会人の家内が来た。十二時五十分、看護師さんが台車を引いて現れ台車に乗る。動き出した台車は病室を出て、エレベーターで二階の手術室へと向かう、台車から天井を見ながら手術室へ近づいている事を感じ取っていた。やがて大きな扉の開く音がして、「奥さまはあちらの待合室でお待ち下さい」と言われている声が聞こえた。ちょっとひんやりした感じの部屋に入ると台車が止まり、何人かの人の手で手術台へ移され、同時に身体が固定された。麻酔医と思われる女性の声で「どこを手術しますか」と聞かれた。事前に教えられていた通り「背中の骨」と応えたと同時に注射を打たれ、たちまち意識を失った。

「櫻野さん、櫻野さん、目が覚めましたか」という看護師さんの呼びかけと、「手術が終わりましたよ、分かりますか」の問いに、「ハイ」と返事をしたと思うが、定かでない。「今から病室へ戻ります」と言われ、台車の動く音がした。病室でベッドに移され、その後また眠ってしまったらしい。

◆十一月十五日㈭　手術後二日目

目が覚めたら朝になっていた。スポンジ製の大型の枕型製品が、ベッドの安全用フェンスと横向き状態の身体の間にぎっしり詰め込んであり、身動き出来ぬように固定されていた。体調は、麻酔が切れたせいか、腰から脚にかけて、けだるさと痛みを感じたが、さほどでは無い。腕は点滴が繋がっていた。

排尿は尿管が繋がっている為、自由に排出出来るらしい。水をどんどん飲んで下さいと看護師さん。それは、排尿で輸血の血液を体外へ排出する為と後で知った。

ところで、尿管で尿道が繋がっていると、尿意が全く無い事が分かった。時々看護師さんがベッドの下のタンクを確認して、取り替えている事も知った。

五時頃主治医の回診があり、腰から足首にかけての痛みと、痺れについて話をした。

尚、後で家内に聞いた話によると、手術に要した時間は六時間程との事だった。

◆十一月十六日㈮　手術後三日目

ベッドで右向きに固定されたままの体勢が続いていた。口に入れる物は水だけで、食事等とても摂れる状態ではない。栄養は点滴で補い、水は家内の差し入れに頼っていた。また、この病室は、手術直後の緊急患者に利用しているらしく、男女共用であった。設備も枕元に作り付けの棚があるだけの病室である。

その日、夜の八時頃の事だった。足腰の痛みが徐々に増してきたように思っていた時、看護師が来て片方だけで長い間寝ていると床擦れがおきると言い、身体を右向きから左向きに変えようとした。その時、左足の太股からふくらはぎに掛けて物凄い激痛が走った！「痛い、止めてくれ」と叫んだ！　それでも無理矢理左に向けようとする看護師の手を、懸命に払いのけ、「触らないでくれ、元に戻せ」と怒鳴った！　あまりの叫びに元に戻して痛み止めの注射をしてくれた。

その後は注射のせいか、落ち着きを取り戻す事が出来、眠る事ができた。

◆十一月十七日㈯　手術後四日目

今日は私の所属していた歌謡誌の七百号記念パーティーが、東京芝の某ホテルで行われる日である。招待状が来て参加の予定だったが、こんな状況の為、不参加となってしまい残念である。

午前十一時頃、主治医の先生が回診に来た。昨夜の騒ぎについて看護師から報告されたらしい。「とにかく痛かった。この歳まで生きて来て初めての経験だった」と言った。

一方、今日からベッドでの食事が配膳された。しかし、身体はガッチリ横向きに固定され、寝たままの状態であり、いくら食台を調整しても、口に運べる状態では無かった。ほとんど毎食手をつけず下げていた。点滴での栄養に頼るしか無いと思った。

◆十一月十八日(日)　手術後五日目

日中は痛みも激しくなくて、穏やかに過ごす事が出来たが、夜中になると再びの激痛に、看護師にお願いして、痛み止めの注射で凌いだ。だがこの日以降は注射による痛み止めは癖になるとかで、飲み薬に変わってしまった。

一方、今日から脚のふくらはぎにサポーターを巻き付けて、ベッドの脇に置いた器械で、空気圧を利用した、エコノミー症候群の予防に良いという器具を使い始めた。この器具でふくらはぎを締め付けるのは、人によっては気持ち良いと言う人もいたが、私には苦痛を感じる以外に無い代物であった。

◆十一月十九日(月)　手術後六日目

今日から昼間だけ仰向けで過ごす許可がでた。固定されていたクッションも少し外して緩めになって、身体も楽になった。更に午後からはベッドの背もたれを、六十度の角度まで上げて良いことになった。お陰様で食事が前向きで摂れるようになり助かった。

少しずつでも回復に向かって進む事は、気分も良い。しかし、それも夜の八時以降はまた固定されてしまった。

◆十一月二十日(火)　手術後七日目

昨夜は痛みも少なく、よく眠れた。また、痛みに対する身体の対処法も分かってきた気がする。食事もベッドの背を上げる事で、前向きで出来、残す事が少なく、今朝は完食に近かった。そして手術日の浣腸以来無かった便通が、六日振りにあった。

◇十一月二十一日㈬　手術後八日目

朝六時半頃、別の科の看護師さんが採血に来た。これは毎月一、二回必ず行うと話してくれた。

今日は、手術以来付けていた尿管を、外す事が出来た。外してくれた看護師さんに冗談を言った。「ようやく自分の物になった気がする、でも私は歳だから半分だけだけどね」と、後半の意味は理解されたかどうか、私にとっては孫みたいな若い看護師さん、えっ、ああ……と言っていたから、たぶん分かったと思う。

だが、この尿管を外した事が後々の、看護師さんに対する、私の心に思いもしない、不信と、不快感を生む事になる。

外した後、看護師さんが「これから、トイレに行くときは必ずナースコールして下さい」と言い残して行った。

朝食が済んで、暫くして、トイレに行きたくなった。看護室へコールしたら車椅子を押して看護師さんが来てくれた。トイレのドアを開けて室内まで車椅子を入れてくれたので車椅子から降りて「ありがとうございました」と言った。私が便器の前に立った後も、じいっと見ている看護師さん、戸惑っている私に「ズボンとパンツを下げて便器に座って下さい」と看護師さん。えっ……と、一瞬戸惑ったが、術後初めての行為の為の見守りであろうと、黙って素直に従った。そして便器に座ったら、また言った、「終わっても立ち上がらないで、座ったままで呼んで下さい」と言って、ようやく出て行った。便器に座り用を足しながら思った私。こんな事はそう長い事ではなく、多分二、三日で終わる事だろうと思った、だが考えが甘かった。

尚、術後の用を足す時は、転倒防止の為、必ず座って用を足すように指導されていた。

◆十一月二十二日㈭　手術後九日目

今日からリハビリが始まった。午後二時、看護師の手を借りながら車椅子で、三階のリハビリ室へ。内容は最初の入院の際とあまり変わらない、ゴムの帯やマリを使った訓練、ベッドでのホットパックを腰にあてる等で、約一時間の治療が終わると、また、看護師さんが迎えに来てくれた。この後、看護師さんの介添えと車椅子で、術後初めてのシャワーをした。気持ちよかった。

水を飲むせいか、昼夜を問わず、トイレの回数が多い。その度に看護師さんの手を煩わす事になると同時に、例の監視の目にも、晒される事になる。

◇十一月二十三日㈮　手術後十日目

今日は祭日の為、リハビリは休み。ベッドの背もたれ角度を九十度まで上げてよい事になったので、食事が楽になり、完食も出来るようになった。

さて、入院後の薬品の取り扱いについて述べてみよう。

入院時、自宅から持参した薬は、前立腺肥大症と白内障の治療薬で、看護師さんに渡した後、掛かり付け医院の処方箋通りに小分けして、病院から支給される薬（血液の循環改善薬、ビタミン剤、鎮痛剤）等と一緒に看護師さんが持参して、毎食後、六、七種類の薬を飲んでいた。

尚、暫くそんな状態が続いた後は、二、三週間分まとめて看護師さんが持参した物を、自分で小分けして飲む（自主管理）方法に変わっていった。また、自宅から持参した薬が品切れの時は、つなぎという形で、主治医から薬剤部へ依頼して投薬されるようになっている。

◇十一月二十四日㈯、二十五日㈰　手術後十一、十二日目

二十三日の祭日が金曜日と重なり三連休となった為、リハビリも三日間の休みとなってしまった。相変わらず腰からふくらはぎにかけての痛みは治まらないまま週明けとなった。

◇十一月二十六日(月)　手術後十三日目

三日振りのリハビリが午前中にあった。治療の内容も少し変わって、歩行訓練の要素も取り入れられた。平行棒内で、行ったり来たりを繰り返す訓練、ベッドに腰を掛けた状態から立ち上がり、十秒保持を繰り返す、自立訓練等が加えられた。一時間の訓練後、看護師さんに、車椅子を押されて病室へ戻った時の事だった。「もうすぐお昼ですね、このまま車椅子で食事しても良いですよ」と言われ、ベッドの横のテーブルを車椅子の前にセットしてくれた。「ありがとう」と私はこの親切を快く受けた。食事が終わり食器の後片付けも終わったので、車椅子から身体をベッドへ移したのである。暫くして看護師さんが現れ、車椅子がベッドの横にあるのを見ながら、鋭い目つきで詰問、「一人でベッドへ移ったのですか?」と問う。「食事が終わったのでベッドで休もうか」と言い終わらないうちに、「駄目です、一人でベッドへの移動は」。「そんな規則は知らなかった」と言ったが聞き入れる様子もなく、「気をつけて下さい」と車椅子と共に去って行った。しかし彼女の鋭い目つきと態度と言葉には、私の心に嫌な不安と不信が広がった。何故なのかの理由の一言が欲しかった。

◇十一月二十七日㈫　手術後十四日目

朝の食事が済んで少し経った頃、看護師係長がみえ、「今日午前中に部屋替えを行います。場所は元の五一九号室です」と、そう言えば術後過ごしていたこの部屋は入院した時の部屋ではなく五〇一号室である事に改めて気付いた。五一九号室に身の回り品を置いたままになっている。十時頃ヘルパーさんが「引っ越しです」と二人来た。

「身の回りの物は後で運びますのでベッドに寝ていて下さい」。ベッドはキャスター付きなのでそのまま手押しで転がして、あっと言う間に五一九号室へ運ばれた。ここはテレビ、冷蔵庫が備えられているので、少しは気分良く過ごせると思うと嬉しい。また、この時点でベッド上の、身体を固定していたクッションは、全て取り外す事が出来た。

午後のリハビリの運動は、少しずつハードになってきた。歩行器でフロア内を五周と、自転車漕ぎを十五分の新しいメニューが加えられた。訓練後シャワーを浴び爽快だった。

このシャワーの利用について、述べてみたい。

まだ、病室内を自由に行動出来ない患者の利用は全て、その日の担当看護師に申し出て、空き時間の申し込みを確認した上、看護師の介添えのもとで行う。従って、タイミングがずれると何時利用出来るか分からないという事になるのであった。

◆十一月二十八日㈬　手術後十五日目

部屋替えで気分転換されたせいか、脚の痛みと痺れが少し良くなった気がする。

だが、煩わしさの一つに、トイレの利用がある。前にも触れた通りの監視付きが、今も取れないまま、これ程長く続くとは思わなかった。せめて、ドアの外までの付き添いならばこんなに嫌な思いはせずに済むのにと思うが！

トイレの中で監視する看護師に聞いた事がある。「あなたは今の私の状態と全く逆の立場になったらどう思いますか？」と。黙したまま暫くして出て行った。でも平気な筈がない。まして、女性にはもう一つ大事な作業が有るのだから！　だが、こうする事が彼女の仕事上、課せられた務めである以上、それを責める事は勿論出来ない。だが患者がこうした思いを抱く監視の方法を少しでも違う方法に改められたらと思うのだが……。

◆十一月二十九日㈭　手術後十六日目

午前九時頃、主治医が看護師と共にやって来て、「今から背中の抜糸を行うので、うつ伏せになって背中を出すように」と背中の部分が引きつるような感じだったが、僅か四、五分で抜糸の後、消毒綿で押さえて、終わりましたと、看護師さんが言って、戻って行った。その後背中の検査をした看護師が傷跡は綺麗だから、消毒綿も後二、三日で取れると思うと言っていた。

◆十一月三十日㈮　手術後十七日目

今日で今月も最後、明日から師走、世間のあわただしさを余所に、ベッド上で病と闘う情けない身の上に、心の焦りを覚えながら、明日からの一カ月に、今年中の退院を念じているのであった。

◆十二月一日㈯、二日㈰　手術後十八、十九日目

今年も最後の一カ月となった。思えば、このような事態になる事など三カ月前には夢にも思っていなかった。

少し良いように思う脚の痛みや痺れは日によって違い、今も左足に痺れが生じている。今年中に退院出来るかと思うと不安であるが、リハビリを頑張って、年末までの退院を目指そうと思う。

今日、明日は土日の為、リハビリは休み、看護師の付き添いで、歩行器で病室内の七十メートルの廊下を往復三回の歩行訓練を行った。

二日の三時頃、家内が着替えと、ヨーグルト、果物等の差し入れをしてくれた。

◆十二月三日㈪　手術後二十日目

今日午前中に、また部屋替えを行うと、看護師係長が来た。今度は五〇三号室だそうで、この部屋は、入院最後の部屋らしく患者のほとんどが、この部屋から退院していくのである。今月の退院を目標にしている私には、一歩前進と思える場所なのである。

◆十二月四日㈫　手術後二十一日目

今朝も左足の痺れは続いている。午後一時頃、整形外科部長の先生がみえて、抜糸後も背中の傷を保護していたガーゼを取り外した。傷は綺麗に塞がっているという事であった。そしてベッド上で背中を固定していた枕型スポンジも全部取り払う事が出来、ほっとした。

◆十二月五日㈬　手術後二十二日目

リハビリ以外のほとんどがベッド上の生活のせいか、それともトイレ使用での精神的苦痛のせいか、便秘症状が続き悩みの一つになっていた。看護師さんにもう一週間も排便が無いと話したところ、「病院に良い薬があるので薬剤部から取り寄せましょう」と言う。早速取り寄せて頂いた。この薬は一般的な下剤では無く、腸内便を適当に柔らかくして排泄する薬という事で、取り敢えず食後に飲む他の薬と一緒に今日は二錠ずつ飲むように言われ実行した。

◆十二月六日㈭　手術後二十三日目

昨日の腸の薬が効いたのか、朝食後に、久し振りの二度の排便があった。まだ完治されたとは言えないが、明日も期待出来そうな気がする。

着替えを持参した家内にその話をしたら、「良かったじゃない」と笑っていた。

◆十二月七日㈮　手術後二十四日目

今日も脚の痛みがある。特に左脚に痺れを強く感じる。

一方、腸の方は改善されたようで、今日も順調であった。尚、その後、腸の薬は一錠ずつにして暫く続けてみる事にした。

午後のリハビリに続いて、シャワーを浴びた。

◆十二月八日㈯、九日㈰　手術後二十五、二十六日目

土日の為リハビリは休み、トイレ以外はベッドを離れる事が出来ない。小さな手帳に毎日の出来事を簡単にメモ書きしようとしても、書く事がない。

仕方が無いので、家内の持参する新聞、テレビ、数独解きで時間を過ごす。

◆十二月十日㈪、十一日㈫　手術後二十七、二十八日目

脚の痛みは依然と続く、リハビリに杖が加えられた。他の訓練をした後最後にフロア内で、杖を使用しながら七周した。

夕方、主治医の先生の回診の折、痛みの状況を話したら、痛み止めの薬を替えてみようと言ってくれた。

◆十二月十二日㈬　手術後二十九日目

朝七時三十分、毎月行われている採血があった。午後は、レントゲン撮影の後、院内で国政選挙の不在者投票、リハビリと続いた。

そして、今日からシャワーの予約が自分で出来る事になった。朝六時以降に看護室前の予約

表に部屋番号と名前を、空き時間に記入すればＯＫ。但し、利用の際はその日の担当看護師が浴室の入り口まで、歩行器か車椅子で送り迎えする、見守り付きが条件とか。

それならこちらもＯＫだ！　早速予約して、リハビリ後の汗を流した。

◆十二月十三日㈭　手術後三十日目

近頃リハビリがだんだんとハード化されていたが、今日から杖でフロア内を歩く訓練が加わった。また自転車漕ぎも二十分と長くなった。

四時頃家内が、着替え等を持って来た。話によると、家内の姉と妹夫婦が見舞いに来ると言ってきたとの事。実は今回の入院については、どなたにも言わない事にしていたが、近くに居る家内の姉と妹は何時も行き来している為、話さない訳にはいかないと言う。家内の意見に同意して、来て頂くなら土曜か日曜が良いと伝えてあった。そこで今度の土曜日に来るという事になったらしい。

◆十二月十四日㈮　手術後三十一日目

夜の明ける度、望んでいた事が、今日から現実となった。トイレの監視が、ようやく見守りに変わったのだ。歩行器か車椅子で、看護師付きは変わらないが、送られる場所はトイレのドアの外までで、室内の監視はしない事になったのだ！　何と手術から二十一日目の出来事だ。トイレとシャワーの監視解除により、精神的苦痛が和らげば、足の痛みも和らぐようになるのではと願う。

◆十二月十五日㈯　手術後三十二日目

土曜日、今日家内の姉妹達が見舞いに来てくれるそうだ。午後一時頃に病院の一階で待ち合わせている、と家内からのメールが携帯に入った。

一時少し回った頃、「どうも、どうも」と出迎えるといっても、ベッドから離れる事の出来ない私、ベッドを取り囲んで腰だけ掛けてもらうしかない。

入院に至った経緯を一通り説明、元々私の脚の悪い事は知っていた人達ではあったが、手術については思いもしなかったと言う。私もこうなるとは思わなかったと笑って済ませた。一時間ほど雑談した後、のし袋を置いて帰っていった。

◆十二月十六日(日)　手術後三十三日目

この頃になると、クリスマスと正月の話が、院内、室内を飛び交う。同時に、退院とか、外泊の事等も、患者にとって気になる。私自身もどうなるのか、どうしたら良いのか、現在の状況を判断出来ずにいた。

勿論、暮れの退院を目標に頑張ってきたつもりだが、今の脚の痛みと痺れの容態には自信が持てない。月末頃の状況を見るしかない。

昨日に続いて、今日は、娘が卓上のクリスマスツリーとケーキを持って、見舞いに来てくれた。

◆十二月十七日(月)　手術後三十四日目

今日は右足の痛みは大分軽くなったが左足の痛みと痺れは続いている。

午後二時よりシャワー浴びた。

四時より、リハビリ、今日の最後の訓練で、杖を使用しながらフロアの外に出て、廊下を五往復した。

◆十二月十八日㈫、十九日㈬　手術後三十五、三十六日目

両日共に変化なし。年内退院の為の筋力作りに、歩行訓練をしたいと思っても、身体の自由が利かない（見守りつきの為）現在では、どうにもならない。せめて整形外科病棟内を、自由に歩行器で移動出来れば、自らの訓練に励む事も出来ると思うが……。

◆十二月二十日㈭　手術後三十七日目

今日から監視の目が、もう一つ解けた。シャワーの見守りが解け、自分で予約した時間に、自由に使用出来る事になったのだ。今日は予約しなかったので残念だが、明日からの楽しみが一つ増えた。

また、リハビリは、杖を利用して階段の上り下りの訓練へと進んだ。

◆十二月二十一日㈮　手術後三十八日目

昨日に続き、今日から昼間のトイレの監視の目が解けた。最も望んでいたトイレが昼間だけでも見守りから、自由に行けるようになったのだ。その度にコールして「トイレの案内お願いします」と願い出て、用を足していた事を思うと、これからは、目の前にあるトイレの使用も

出来る。精神的苦痛からも解放され、救われた思いがした。そして、このトイレの使用が自由になるという事は、病棟内を付き添い無しで自由に行き来できる事でもある。廊下での歩行訓練も可能となるのである。

◆十二月二十二日(土)　手術後三十九日目

今日は土曜日でリハビリが無いので、早速、七十メートルの廊下を午前と午後に三往復ずつ行った。脚の痛みと痺れは、何時ものリハビリの後と変わらない。

主治医の話によると、痛みも痺れも、動けないような状態のものでなければ、筋力が回復するまでは、止むを得ないと言っていた。

◆十二月二十三日(日)　手術後四十日目

家内からのメールで、友人二人から電話があったとの事。電話で、現在の状況を伝え、年内退院については、今は分からないと言うより、応えられなかった。

◆十二月二十四日(月)　手術後四十一日目

昼食の時、可愛いケーキと、ある看護学校の生徒さんが書いたという、クリスマスカードのプレゼントを頂いた。病院側のホットな、嬉しい心遣いであった。

◆十二月二十五日(火)　手術後四十二日目

午後四時からのリハビリで階段の三階から五階までの往復を三回行った。終わった後のシャワーが気持ち良かった。

六時頃、整形外科部長と主治医がみえて、年末の身の処置について、患者側一人ひとりと話し合った。私については、まだ痛みや痺れがある事等を理由に、退院は止めて、年末の二十八日に帰宅して、年明けの七日午後三時までの、十日間の外泊訓練という許可が出た。従って新年、七日午後から、再び病院暮らしが続く事になった。

◆十二月二十六日(水)　手術後四十三日目

今日は、午後にレントゲンの撮影があり、続いてリハビリ室に入った。最後に階段上下を四回繰り返した後、先生が五階の病棟入り口まで付き添ってくれた。入り口で先生と別れて看護室前を通り病室へ向かう私に、「櫻野さーん」と、後方から声が掛かった。振り向くと、先ほどレントゲン室へリハビリ室へと、付き添いしてくれたヘルパーさん。今どうやって帰って来たかと問う、「そこの入り口までリハビリの先生に送ってもらったが」と言ったら「それなら良いです」と言う。後でヘルパーさんに聞いたら、私が一人で帰って来たと看護師が疑ったそうだ。このように此処の看護師は患者の行動を、常に疑いの目で見る事が多くあり、患者たちの、不信を抱く原因となっている。

◆十二月二十七日㈭　手術後四十四日目

今日一日で長く感じていた入院生活も、一旦終わり、自宅へ戻る事になる。

午後四時からのリハビリを終えて、シャワーを済ませた。

同室の患者さん達の内、二人は三十日に退院と外泊、一人は病院で過ごすとの事である。

◆十二月二十八日㈮　手術後四十五日目

朝から何となく浮ついた気分であった。

リハビリも今日は午前十時からにして頂き、午前中の退院に備えて頂いた。

外泊手続きを済ませて、十一時三十分頃家内と共に、タクシーで自宅へ戻った。

一カ月半振りの自宅が懐かしく思えた。

また、夕食時の軽く一杯が、何とも言えない味で、身体に沁みてきた。

◆十二月二十九日(土)　手術後四十六日目

朝食後、何よりも先ず床屋に行きたかった。

最初の床屋は、年末の予約で満員と断られてしまった。二軒目は大丈夫で、二カ月振りの床屋は気持ち良かったが、年末特別料金なのか高かった。

◆十二月三十日(日)、三十一日(月)　手術後四十七、四十八日目

朝から年賀状作りの為、パソコンに向かった。

久しく触れていなかったせいか扱い方が悪いのか、思うように事が運ばず、手間が掛かってしまったり、余分な費用が掛かったりと散々な目に遭ったが、何とか出来上がり、三十一日の午後、投函した。

大晦日、今年の最後と、勝手な理屈を並べて、夜の食事を少し豪華にして好きな酒もちょっ

ぴり飲んで、紅白を見て寝てしまった。

◆平成二十五年一月一日㈫　手術後四十九日目

元日は清々しい晴天であった。

昨年は二度の入院、手術という大変な年であったが、何とか新年を自宅で迎える事が出来た。

世間では初詣の人々で大賑わいのようだが、足の不自由な私には他人事でしかなく、ただ家でゴロゴロして過ごすより他に無い。朝から祝い酒と称する酒を飲んで、気持ち良さそうに居眠りをしていたとは、家内の話！

十二時過ぎに軽い昼食をして、近くの公園へ散歩に出掛けた。ゆっくり一周程して戻ったが、脚の痛みは何時もと変わらなかった。

そして、夜は夜でまた酒を少々、飲んでしまった。

◆一月二日㈬　手術後五十日目

今日も良い天気である。遅めの朝食後、リハビリの時使用していたゴムの帯（リハの先生に依頼して購入した）を使って、筋力トレーニングを行う。午後は散歩、公園をゆっくりと歩き、途中ベンチで休憩しながら一周して帰った。

◆一月三日㈭　手術後五十一日目

晴天が続く、今日は午前中に散歩に出掛けた。

池の周りのベンチに腰を掛ける。白鳥と、冬になると飛んで来る黒い色の鴨が、水面をのんびり泳いでいる。足元には鳩が数羽、地面をついて餌を拾っている。そう言えば、ここ二年ほど四月頃になると、カルガモが飛んで来て子育てをするのだが、今年はどうだろうか？　などと思っている。やがてベンチから立ち上がると、近くにいたと思われる野良猫が、何を思ったか急に走り出した後、振り返って睨みつけていた。

午後三時頃、娘が来た。夕食時ワインで乾杯と、アルコールには勝てない私である。

◆一月四日㈮　手術後五十二日目

今日も良い天気、遅い朝食後、ゴム帯で筋力アップを図る。だが一旦落ちた筋力は簡単には回復しないと、部長の先生も言っていたが、それが正解なのかと思う。

◆一月五日㈯、六日㈰　手術後五十三、五十四日目

過ぎて行く日々に、驚いていても仕方がないが、外泊も後二日のみとなった。帰宅していた娘も今日（五日）戻るという。

病院の十日間は長く思ったが、この十日間はあっと言う間の時間だった気がする。五日、六日とゴム帯運動と、散歩は欠かさずに行った。

明日からは、また入院生活へ戻るのだ。

◆一月七日㈪　手術後五十五日目

本日午後三時までに再院するように、許可を頂いている。二時三十分に病室へ戻った。早速四時からのリハビリが待っていた。

リハの先生から自宅での過ごし方の様子を聞かれた。ゴム帯の筋力アップと公園散歩等について説明した。また、脚の痛みと痺れについても、特別心配する事もなく過ごせた事も話した。

では、今日から退院に向けての訓練に入ると言われ、自転車漕ぎ、平行棒内の踏み台訓練、杖によるフロアの歩行、ベッドの端に腰を掛けてから立ち上がり、十秒保持、これを五回繰り返す。ところがこの立ち上がりが出来ない、五、六秒で沈んでしまうのだ。自立する筋力が弱

いのか、神経が悪いのか、分からないが、ふらついてしまうのだ。この「ふらつき」を治す為に手術をしたのだが、現在の状態ではとても無理と、自覚するしかなかった。

午後六時頃、整形外科部長と主治医の回診があり、帰宅時の状況を聞かれた。また、先ほどのリハビリの「ふらつき」については、術後の筋力の衰えもあるので、回復までに時間がかかるという説明をされた。

◆一月八日㈫　手術後五十六日目

昨夜消灯前に、ベッドの端から立ち上がる練習をしてみた。リハ室で行った時より出来た。ただし、リハ室では、その前に、平行棒から始まって、フロア内の歩行等、一通り行った後での、立ち上がり訓練なので一番疲れの激しい時の事である。リハの先生にそのような事を言ってみたが、その後も、その立ち上がり訓練は、最後に回されたままであった。従ってこの訓練は、最後まで苦手のままで終わった。

◆一月九日㈬　手術後五十七日目

今日からリハビリの時間が三時三十分に変更された。内容はほとんど変わらない訓練で、最後に階段の上り下りを三、四回繰り返して、そのまま病室へ戻る事が多くなった。

ただ、ベッドからの立ち上がりは相変わらず上手く出来ず、悔しい限りである。何とか上手くならないものかと、病室での自己訓練を試みる事にしたら、リハビリ室よりは長く出来る事が分かった。

五時半頃、整形外科部長と主治医の回診があり、退院についての話があった。

退院についてはリハの先生と相談して、リハの先生がOKをすれば、何時でも良いので、相談するようにという事だった。

◇一月十日㈭　手術後五十八日目

午後、最初にレントゲンの撮影があった。その後リハビリの折、担当のリハの先生に昨日、主治医から言われた退院についての話を伝えた。担当の先生は、私の判断だけではと言い、主治医と相談しますという事であった。

リハビリは、何時もの訓練、何時もの流れで終了して、病室へ戻った。

◆一月十一日㈮　手術後五十九日目

今日から、整形外科病棟内の昼間のみ、杖を使用して一人で移動して良い事になった。とは言っても、全館一人歩きの許可を出された訳ではないので、院内何処へでも自由に行けるという事ではない。これは、この病院側の方針らしく、退院を前にした患者には、こうした許可をするという事であった。

このところ、脚の痛みと痺れは少なく、良い方向に向かっている。問題は「ふらつき」である。退院という嬉しい話があるという、この時期に及んでも、このような状態ではと思うのだ。入院、手術という道を選んだのも、この「ふらつき」を何とか治したいという強い願望があっての事であるが、残念である。

◆一月十二日㈯、十三日㈰　手術後六十、六十一日目

手術より二カ月経った。今日は、休日の為リハビリは休み。ベッドを利用してゴム帯で太股から足首にかけての筋力運動と、立ち上がり十秒保持の運動五回を、二日間、午前と午後の二回行った。立ち上がり十秒保持も出来たり、出来なかったりを繰り返したが、退院を目の前にして、何とかしたいという思いが増してくる。

◇一月十四日(月)　手術後六十二日目

今日は成人の日、通常ならリハビリも休みの筈だが、三連休となり患者の事も考えたとかで、訓練を実施する事になったそうだ。私は午後二時からの訓練を実施し、今日は、立ち上がり十秒保持は五回中三回クリアする事が出来た。

今年初めての大雪となり、交通の乱れをテレビで放送している。

◇一月十五日(火)　手術後六十三日目

午後、四日振りのシャワーを浴びた。家内から洗濯物もあるが、雪のため道が悪いので、今日は行かれないと、メールが来た。

夕方の主治医回診で、退院について明日リハの先生と会って決めると言われた。

◇一月十六日(水)　手術後六十四日目

午後リハビリに行ったら、リハの先生より退院について具体的な話があり、二十四日の午前中はどうかと言われた。結構ですと応え、決定した。当日は午前十時より最後のリハビリを行うので、家内も一緒に来るようにということである。

◆一月十七日㈭　手術後六十五日目

退院の日程が看護師に伝わったらしく、今日の担当看護師より、今日から病棟内、昼夜を問わず自由に行き来して良いと言う。また急にどうしてですかと尋ねたら、退院に向けての書類の作成上だとか。それならば何故外泊した正月明けの入院以降にこのような扱いにならなかったのか、病状は当時と今とあまり変わっていないのに、と愚痴ってみたくなった。

◆一月十八日㈮　手術後六十六日目

退院が一週間後と決まり、入院に至った頃を振り返ってみると、この病で病院を訪れ、診察を受けたのは、夏の日差しの終わらない、八月二十七日であった。その後二度目の診察で「腰部脊柱管狭窄症」の診断が下り、十月一日入院、ブロック治療後、再入院となり現在に至ったのである。最初はもっと簡単な事を考えていたのだった。

遅くても年内には退院出来るだろうと！

退院の喜びと同時に、不安定な現在の病状を思うと、複雑な心境である。

◆一月十九日(土)、二十日(日)　手術後六十七、六十八日目

土日の為リハビリは休み、だが自主訓練が心おきなく出来るのである。ゴム帯の足首運動、廊下の歩行訓練、苦手なベッドの端から立ち上がり十秒保持等を、午前と午後に行った。

今は私にとって気分爽快な事がある。それは十七日から許された病棟内の行動が自由である事である。だからと言って、病院内を歩き回るつもりもないが、身の動きを常に監視されていた頃の、あの煩わしさは経験してみないと、分からない事である。

◆一月二十一日(月)、二十二日(火)　手術後六十九、七十日目

一日も早い退院を望んでいた者にとって退院日が決まった事は、喜ばしい事である。だが、先日も書いた通り、今の病状は、一時期ほどではないにしても、痛みも、痺れも、とれない状態である。それと、第一の目的である「ふらつき」を治したいという強い思いに対して、立ち上がり訓練でも分かったように、思っていたような成果が得られない事への、不安を抱えたままである。

それと、患者に対する病院側の対応である。過剰に思える監視、見張り、付き添い等は、精神的苦痛以外の何物でもなかった。

退院を前に看護師係長が現れ、アンケート用紙を渡された。項目に当てはまる事は何でも良いです、内容は私以外の者は見ませんので、と言って置いていった。前にも書いた、患者への対応等も書き、私の感じた事も、記入して投書した。

◇一月二十三日㈬　手術後七十一日目

いよいよ入院最後の日が来た。目覚めの爽やかな朝だった。今日は入院中最後のレントゲン撮影とリハビリがあった。

ベッドで横になっていると、入院中のいろいろな出来事が浮かんでくる。手術直後の三日目のあの激痛、横向きに寝たままでの食事、ベッドの横の車椅子からベッドへ身を移した事で厳しく叱られた事等、辛い事ばかりが浮かんでくる。良い事だってあったと思うのだが。

その日その日の思い、感じた事を綴ってきたこのメモ帳も、今日で終わる事になる！

◇一月二十四日㈭　手術後七十二日目

退院は午前十時と決めた。

家内が迎えに来るまでに、身の回り品を片付けて、バッグに詰め終わったところへ家内が現れた。事務職員から退院手続きの書類を受け取り、同室の患者さんに挨拶して、最後に看護室に寄り挨拶、エレベーターで一階へ、総合受付で料金の精算を終え、タクシーで、約十五分後に帰宅した。

そして、入院中世話になった家内に感謝。

「ありがとう！」

◆あとがき（退院後）

一月二十九日、退院後一回目のリハビリが午前九時三十分よりあった。訓練は入院中の時と変わらないメニューで、約一時間であった。

その後のリハビリは二月十二日に行った。

そして二月十四日、退院後最初の主治医の診察があった。診察前のレントゲン撮影を終えて、診察室の前で待つ。受付番号で呼ばれ主治医と対面、先生から「どうですか、その後？」と尋ねられた。私は現在の痛み等の症状を述べた後、先生が先ほど撮影したレントゲン写真を前に、ペンで写真の背骨辺りを示しながら、「実は手術の時に埋めたこの金具の一カ所が外れてしまっている。このままにしておくと、身体を動かす事により移動してしまう恐れがある。従って、もう一度開いて取り外す必要がある」と言う。この金具は、骨周りが固定されてしまえば取り外しても良いものだから、外れた以上もう一度開いて体外へ出した方が良いと言う。戸惑う私に隣から来た整形外科部長からも、不用な物は取った方が良いと後押しされ、分かりましたと言うしかなかった。

　そして、入院の為の手続きと称して、採血、採尿、胸部のレントゲン、肺活量検査、心臓エコー等を終えてから、帰路についた。私は「二度ある事は三度ある」の、ことわざ通り相成った。

第三節　再々入院　再手術

◆二月二十六日㈫　再々入院

当日、家内と共に九時三十分に病院へ到着した。窓口で手続きを済ませ、看護師の案内で五〇一号室へ入室。尚、主治医の指示で再度コルセットを作る事になり、装具屋さんが計測に来た。前回より強固な製品で、野球の硬式ボールを跳ね返すと装具屋さんが言っていた。計測後、手術により当分浴せないシャワーを浴びた。

また、夜九時以降は断食となる為、点滴の代わりにオーエスワンという飲み物を朝までに一リットル飲むように指示された。

明日は、いよいよ二度目の手術である。夕方麻酔医がやって来て、前回と同じように手術室での対応を話していった。また、主治医と整形外科部長も夕刻回診に来て、手術は明日一時からを予定していると話していった。

◆二月二十七日㈬　再手術一日目

午後〇時頃、看護師が手術用の着替えを持ってきた。一時少し前に手術室へ出発するので、下着は全部取って、この手術着に着替えて待っているようにとの事。

時間通りに看護師が台車を引いて現れた。

すぐ台車に乗り手術室へ。この辺りの事は前回の経験で分かっていたので気持ちは落ち着いていた。手術室に到着後、手術台に移され麻酔医が名前の確認後、「何処を手術しますか」と問われ、事前に教えられていた通り「背中の骨」と応えた。同時に麻酔注射を打たれ、意識を失った。

「櫻野さん、櫻野さん」と名前の呼び掛けがあったような気がして、ぼんやりとした意識が戻った。「手術が終わりましたよ、病室へ戻ります」と声がして、台車が動き出した。病室へ戻りベッドへ移された身体は、前回と同じように、クッション等で固定されたようだ。だがそのまま眠り続けて、目が覚めたら明け方になっていた。

裂かれても削り取っても分からずに
眠り続ける麻酔の力

◇二月二十八日㈭　再手術二日目

目が覚めた後、背中の辺りと、脚の「ふくらはぎ」から足首にかけて、痛みと痺れ感がある。背中は術後の傷だと思うが、脚の方は、器械の空気圧の締め付けによるものだろう。血液の流れを良くする機器とかで、前回も使用した事がある。気持ち悪いので外してくれと看護師に言ったら、主治医に相談すると言った。主治医からは昼間はベッドで脚の運動をやり、夜は付けるようにとの事である。止むを得ない。

治療機器気持ちが良いと好む人
外してくれと嫌がるタイプ

◇三月一日㈮　再手術三日目

屋外は風が強いらしい、春一番が吹いているという。

病状は、昼間の脚の締め付けを中止したので良かったが、背中の違和感は相変わらずである。

前回、術後三日目に物凄い激痛があった事を思い出している。

身体は大きな枕状のクッションで固定されて身動きが出来ない。時々看護師が回って来て、点滴と排尿タンクの点検をして、取り換えている。夜就寝前になり看護師が二人来て、寝ている向きを右から左へ替えたが、前回のような激痛は無く、安堵する。

午後四時頃、家内が着替えを持って来てくれた折に、今回の手術の様子を聞いた。時間は前回より長く七時間程かかったという。

医師の説明によると、開いて見たら背中の骨を固定した釘が全部緩んでいたのでそれを取り外し、代わりにもっと太い物に取り換えたという事であった。

背の釘を太めに替えて身を守る
二度目の手術の術後に期待

クッションで身体の前後ガッチリと
固めて守る術後の背中

◆三月二日㈯　再手術四日目

術後三日目から食事の配膳があったが、固定された身体で横向きに寝た状態では、口に入れる事など出来ず、そのまま手を付けないで下げていた。

横向きに寝たまま食す食事など
箸にも棒にも掛からなかった

◆三月三日(日)　再手術五日目
何故かこの四、五日、夜の眠れない日が続いた。看護師に相談したら、夜寝る時に一錠飲む軽い睡眠薬を出してくれた。今夜は、眠れる事が出来るようにと祈る思いだ。
四日朝、睡眠薬が効いたのか、よく眠れた。今夜もお願いして飲む事にしたい。

あれこれと考え過ぎての事なのか
眠れぬ日々が毎日続く

◆三月四日(月)　再手術六日目
夕食後の事だった。術後二日目から装着していた、血液の流れを良くする機器の代わりという女性のストッキングのような靴下を、看護師さんが持って来た。説明によると弾性ストッキングとかで、長時間同じ姿勢でいる時に有効とか。例えば、飛行機のエコノミー症候群等に効果があるという事である。

今夜からこれを装着するという。看護師さんが付けてくれたが、強い弾性の為、装着に手間の掛かる品物であった。

装着に手間と労力掛けた分
その弾性の効果に期待

◇三月五日㈫　再手術七日目

先日依頼したコルセットが届いた。固くて頑丈な製品だった。腰に付けてみた。重さはそれ程ではないが胸の辺りまで締め付ける状態になり、窮屈な思いをする事、間違いなしという代物であり、少々の腰のひねりには十分に堪えられる製品であった。今日から、昼夜を問わずこれを装着する事になるのである。

夕食時からベッドの背もたれを六十度まで上げて良い事になった。これで食事が前向きで取れるようになり、食欲も出そうな気がする。

また身体の脇を固めていたクッションも半分くらいに減らす事が出来た。

今度来た頑丈物のコルセット
腰から腹から胸までガード

今日からは食事も起きて取れるとか
ベッドの背当て六十度ＯＫ

◆三月六日㈬　再手術八日目

身体を固定していた物が減った事と、寝る前に飲んだ睡眠剤の事もあって、ぐっすり眠れ、気分爽快の朝を迎えた。

夕方、整形外科部長が回診にきて、「自分で打つ、骨を強くする注射をやろうと思うが出来ますか？」と問う。痛くない注射だが最初は看護師が指導するので難しい事はないと言う。

「分かりました。やってみます」という事で明日からの実施となった。

◆三月七日㈭　再手術九日目

午前十時頃、担当看護師が、「今日から毎日この注射を打つ事になりました。最初は私たちが指導しますが、いずれご自分で行うようになりますので覚えて下さい」と新しい箱に入った注射用具を取り出し、説明を始めた。看護師が扱う注射器の二倍くらいありそうな注射器を取り出し、この注射器を使用する事と、針と消毒綿の扱い方を述べ、実際に打つ場所を説明した。「お腹の臍の周りか脚の太股があるが、太股の方が打ちやすいので太股にしましょう」と言い、打ち方を指導しながら、針を刺して薬液を押しこんだ。「暫くの間看護師が指導しますが、覚えた後は自分で行うようになります」と言い、また、「この薬は常に冷蔵庫で保管する必要があります」と言って、一式持ち帰って行った。

今日からは骨を丈夫にするという
フォルテオ注射始める事に

◆三月八日㈮　再手術十日目

昨夜も寝る前に睡眠剤一錠飲んだらよく眠れた、癖になりそう。

起床後すぐ看護師が来て、今から尿管を外しますと言って、布団の間に手を入れ意外と素早い作業で管を外し、終わりました。「これからトイレの時は、必ず看護師を呼んで下さい」と言い、尿タンクを下げて帰って行った。これでまた一歩前進と思うと同時に、前回のあの不愉快な事を、ふと思い出した。

午前十時、担当看護師さんが、「今日シャワーをします」と言ってきた。思えば手術の前日以来のシャワーである。ベッドに寝たままの状態でシャワー室へ運ばれ、もう一人の看護師さんの手を借りながら、シャワー用のベッドへ移動する為の作業は、看護師さんも大変だが、患者の私も苦労した。でもシャワーの後は気持ち良かった。

他人《ひと》様の手を借りながらシャワーする
感謝しながらそのもどかしさ

◆三月九日㈯、十日㈰　再手術十一、十二日目

土日の夜も睡眠剤で眠った。尿管が金曜日に取れた事で、一歩前進と思ったが、やはり煩わしさが増す事になった。移動が車椅子という事になり、その都度ナースコール、不愉快な監視

付き、という事になってしまった。前回の時は術後三十一日目の解放だったが、それを思うと、まだまだ先の事になりそうだ。

そして、いよいよ明日からはまたリハビリが始まる事になった。

この二日間は、テレビと家内が持参する新聞と数独遊びで過ごす事になった。

尿管は不便なようで便利物
無精者には持って来いだよ　　（飽くまでも、あの煩わしい入院中での事）

◆三月十一日(月)　再手術十三日目

午前中に、前回も入室した、五一九号室への部屋替えとなった。午後四時からリハビリが始まった。二度目の手術という事で、軽い運動から始める事になり、ベッド上で先生の行うマッサージ的な事から、例のゴムの帯を使った足首の運動等で終わった。

一方、手術以来身体を固定していたクッションは全て外して良い事になり、すがすがしい気分になれた。

クッションで固く閉ざしたこの身体
解き放されて気分爽快　（寝返りも自由に出来なかった）

◆三月十二日㈫　再手術十四日目

今日から骨の注射を自分で行う事になった。看護師の目の前で、指導された通りの順序で、無事に終わる事が出来た。

明日から看護師が、毎日注射器を持参するので、今日のように自分で行うようにと言う。だが、暫くの間は看護師が傍で見守ると言った。また、記録帳を付ける事も指導された。

素人が自ら打ち込む注射液
麻薬以外にあること知った

◆三月十三日㈬　再手術十五日目

今朝六時三十分、血液検査用の採血があった。午前十時レントゲン撮影、この間に自ら行う骨の注射を指導された通りに、左右確認して慎重に行った。また、午後には主治医による背中の抜糸を行った。
身体を動かす事による痛みに、一抹の不安を抱きながら、たとえ僅かな半歩でも治癒に向かっている事に期待をしたい。

あすなろの言の葉ぎゅっと握り締め
綴る日記に期待を込める

◇三月十四日㈭　再手術十六日目

午前十時頃、急に今日の担当看護師が、ベッドを移動してシャワーを行うと言ってきた。ベッド上でのシャワーは前回で懲りていたのだが、事をどんどん進める看護師に、嫌だなんてとても言えず、成り行きに任せるしかなかった。だがこのベッド上でのシャワーは、看護師一人ではとても無理な事は前回の経験で分かっていた。でも、今は手伝う人がいないらしい。仕方なくヘルパーさんの手を借り、何とかベッドからシャワー用のベッドへの、身体の移動を行った。

シャワーの済んだ後、再び元のベッドへの移動もヘルパーさんに頼み、何とか無事に終える事が出来た。そんな苦労をしながらも、シャワーを浴びることができた事は嬉しい、感謝したい。だが、寝たままの状態での身体の移動は、患者にも負担の大きい事であった。

尚、ヘルパーさんは、この段階では、患者の身体に、これ以上触れる事が出来ないそうである。

同僚に頼らず一人で立ち向かう
看護師さんに敬服したい

◇三月十五日㈮　再手術十七日目

今日午前中に、同室の患者さんで、私と同じ「腰部脊柱管狭窄症」の手術をされた方が退院する事になった。私よりもはるかに若いという事もあってか、手術から二カ月と少しという話をされていた。「櫻野さんも、もう直ぐですよ」と励ましてくれたが、まだまだ見通しの経たない日が続く。

若さには勝てないなんて言いながら
喜寿を越えたと己の自慢

◆三月十六日(土)、十七日(日)　再手術十八、十九日目

二日間、特に記すべき事も無く、テレビと古新聞と数独で暮らす。
ところで、自分事で、一寸気付いた事がある。手術以来付けていた尿管を外してから今日で十日ほど経った。だが前回の術後、あれほど嫌っていたトイレのナースコールが、さほど苦にならない事が分かった。事の都度呼ぶのは気の毒だし、面倒だが、呼ばなければこちらが困る。呼ばないで事を処理して、見つかれば叱られるのである。ひょっとすると、こんな事にも慣れてしまったのか、それとも諦めの気持ちなのか。まあ……どうでも良いか！

監視の目慣れた諦め何よりも
我が身の為と思えばいいさ

時過ぎて怨みつらみも薄れたら
あれは昔と笑って言おう

◆三月十八日㈪　再手術二十日目

今日また、五〇三号室への、ベッドの移動があった。過去の状況からすると、多分この部屋が最後で、退院になると思われる。リハビリも今日から違う種目の運動が取り入れられた。

夕方、整形外科部長と主治医の回診があり、病状について聞かれた。脚の痛みは大分良くなってきた事、リハビリも、少しずつハードに変わってきた事等伝えた。

何となく分かってきた事その一つ
ベッド移動で退院近し

◆三月十九日㈫　再手術二十一日目

今日午後のリハビリの前に、レントゲンの撮影をした。

夜寝る頃になって、背中の辺りに痛みを感じた。リハビリがハードになったからだろうか、今日のレントゲン結果が悪ければ主治医の先生から話があるだろう、それを待つ事にしよう。

◇三月二十日㈬　再手術二十二日目

祭日（春分の日）、院内は何となく静か。見舞い客も少ないような気がする。十一時頃主治医がみえたので、昨日のレントゲン結果を聞いてみた。特に異常は見られなかったと言うので安心した。

ところで、先日（十八日）この五〇三号室へ部屋替えして来た。今まで何回も部屋替えで移動したが、この部屋の雰囲気は一寸違っていた。私の入室で満員（四名）になったのであるが、先客三人がベッドのカーテンを互いに開放し、顔を突き合わせながら談笑していたのである。私は通常通りカーテンを閉めた状態で、取り敢えずベッドに横たわり、先客方の話に耳を傾けていた。内容は通常の世間話も出るのだが、なぜか看護師の話題が多い。例えば、トイレ、シャワーの扱い方、また、既に付き添いから見守りへと変わっているのに、その事を知らない看護師がいたり、或いは、リハビリの先生の許可を得て行った事に、看護師が駄目出しをしたり、患者にとって重要な事を、有無を言わせぬ態度で押し通す事であった。私も同様な事があったので、何時の間にか、同調するようになり、話題の中の一員となっていた。

例えば、リハビリの訓練を得て、外泊訓練、そして退院となるまでの、一連の段階において、医師の先生方は、リハの先生がＯＫすれば何時でも良い、または、リハの先生と相談して決めて良いと言う。この事は、医師の先生とリハの先生の、連携の良さである。

これに対して看護師とリハとの連携が良くない事が前行で分かる。そして、こうした事で患者が看護師に不信を抱く結果になっている。

和やかに談笑してると思いきや
不信不満の捌け口だった

退院を急ぐ気持ちか主治医には
痛みは無いと平静保つ

◇三月二十一日㈭　再手術二十三日目
リハビリは今日から、自転車漕ぎ、歩行器を使用してフロア内五周の訓練を行った。毎日少しずつ筋力アップに繋がるメニューを行うと担当の先生が言った。

その後、久し振りのシャワー、車椅子で看護師の見守り付き、ベッド上での時より、自分の手で流せる事が出来たのが良かった。

リハビリで汗した後で汗流す
シャワーの音に気分爽快

◇三月二十二日㈮　再手術二十四日目

朝から不愉快な事が起こった。七時頃お腹に痛み（下痢症状）を感じたのでナースコールしてトイレの案内を依頼、待ってもなかなか来ない、我慢出来ず、目の前（三歩程）のトイレ（無監視）に駆け込んで事無きを得た。その後、朝食を運んできた看護師さんが、「先ほど呼ばれませんでしたか？」と言う。「呼んだけど来てもらえなかった」と言った。だが、それに対する反応の無いまま看護師さんは去って行ってしまい、後味の悪さだけが残った。

そう言えば、過去にもこんな事があった。夕食後、車椅子に乗り、看護師さんの付き添いで、ベッドと壁一つ隣の洗面所で歯磨きをしていた。その間、看護師さんが「ちょっと待っててね」と言って、側を離れていった。歯磨きは五分もすれば終わる。十分、十五分経っても戻って来ない。だが、隣の患者さんとの笑い声は聞こえる。話に夢中で、私の事など忘れたらしい。私は車椅子を離れて、二、三歩横のベッドへ移動した。二十分くらいして看護師さんが「ごめんなさーい」と言って戻って来た。私がいないと知ったのか、ベッドを覗いて「大丈夫ですか」と言った。私は布団を頭から被って黙っていた。再び「ごめんなさい」と言って去って行った。

実は、この時強く思ったことがある。看護師が忘れた事より、この程度の移動にも、本当に車椅子や、付き添いが必要だろうか？　と疑問を感じざるを得なかった。

毎日の日程は、食事とリハビリとなり、筋力アップと、歩行訓練が主な行事となった。

　壁一つ隔てただけの移動にも
　　補助器具使う付き添い看護

　玉の汗流す訓練リハビリで
　頑張る日々に期待を持とう

◆三月二十三日(土)、二十四日(日)　再手術二十五、二十六日目

土日リハビリ休み。外は桜が満開となり、窓から見える見事な花の盛りあがった木を眺める事が出来た。テレビも花見見物のニュースで賑わっている。

病院の窓から見下ろす桜花
てんこ盛りしたあのカキ氷

世の中は桜満開花見酔い
大賑わいとテレビが騒ぐ

◆三月二十五日(月)　再手術二十七日目

担当看護師が、今日から薬の自主管理をお願いします、と言って、一週間分をまとめて持参した。毎日朝、昼、晩と小分けして、この容器に入れて下さいと、仕切りの付いた小箱も持参した。そして食事の後で必ず看護師が点検しますので、忘れないように飲んで下さいと、付け加えて言った。

常備薬自主的管理と言いながら
飲んだ、飲まぬとチェックの小言　（看護師さんのチェックの目が厳しい）

◇三月二十六日㈫　再手術二十八日目

昨日に続いて今日も、担当看護師より、明日から骨の注射（フォルテオ）も見守り無しでお願いします、との事。この薬は常に冷蔵庫で保存するので、看護師が持参したら直ぐに注射をするように、時間を見て看護師が取りに来ますとの事である。

あれこれと自主的管理多過ぎて
患者の気苦労また増えちゃった　（薬の種類も数も多いのです）

◇三月二十七日㈬　再手術二十九日目

今日は三度目の入院から丁度一カ月経った。術後一カ月のレントゲン検査があった。主治医より、前回と変わらないので、このまま金具が固定されてしまえば、大丈夫という事である。

リハビリの後の痛みは、筋肉痛によるもので、手術とは直接関係ないという事であった。

◆三月二十八日㈭　再手術三十日目

リハビリとシャワーが今日の出来事となり、日記帳にこんな雑文を書いてあった。

病院の隣にあった空き地には
新築家屋の槌音響く
（建て売り住宅の建設らしい）

病院のフェンス越えたグランドで
学生達が元気に走る
（学生達の姿が羨ましい）

◆三月二十九日㈮　再手術三十一日目

今日午前十時頃、目出度く退院して行かれた、同室の患者さんのエピソードを披露してみたい。私がこの五〇三号室へ来た時はすでに入室されていた。

この方は、道を歩いている時に躓いて転び、腕を骨折してしまい、手術をしたという事である。私が同室して二日後くらいの出来事である。退屈しのぎに、院内をぶらぶらしているうちに、ふらっと屋外へ出たくなり、病院の周囲を散歩したという。ついでにコンビニへ立ち寄り買い物。不信に思った店員さんが「入院されているのですか？」と聞いたらしい。そこで店員さんから病院へ通報され、病院の玄関付近で、連絡を受けて飛んで来た看護師さんに御用？となったとか。

事の後で看護師さんより、キツい大目玉を食らったと話してくれた。

聞けば、この方は大阪出身とかで、事の顛末を話す関西弁が、今でも印象に残っている。

散歩して病院抜け出た患者さん
コンビニ寄って敢え無く御用

◆三月三十日㈯、三十一日㈰　再手術三十二、三十三日目

土日でリハビリは無く、三月も終わってしまった。一月に退院して、二月に再度入院となり、明日はもう四月になる。

十二月に見舞いに来てくれた親戚の方が、二度目の見舞いに来てくれた。それにしても月日

の流れは速いのに、この状況は何時まで続くのか、今この容態では退院など出来る訳もなく、明日からの行く方に、不安を感じてしまうのだ。

焦っても仕方が無いと分かっても
なお且つ思う我が身の不安
（心がつい弱音を吐く）

◆四月一日(月)　再手術三十四日目

今日から四月に突入した。リハビリも多種となり、歩行器による訓練はフロア内二〇〇メートル、平行棒の段差訓練が加わった。

リハビリは多種に渡って増えていく
汗の分だけ実りを得たい
（汗をかきかき頑張るぞ）

◆四月二日(火)、三日(水)　再手術三十五、三十六日目

午前十時シャワーを浴びた。

リハビリは筋力アップと歩行訓練、トイレが車椅子から歩行器へと変わる。

レントゲンの撮影もあった。

◆四月四日㈭、五日㈮　再手術三十七、三十八日目

四月四日は二十八日毎に、フォルテオの注射液を取り換える日、看護師が新しい薬品と交換して行った。

リハビリは、杖による訓練が加えられた。

フォルテオの効き目は如何にと思いつつ
飲み物みたいに身体に入れる

◆四月六日㈯、七日㈰　再手術三十九、四十日目

土日の為、リハビリ休み。六日、低気圧の接近で風雨が強くなるらしい。家内から来院中止のメールあり。

午前十時頃、同室のTさんが退院して行った。「おめでとう！」

七日、昨夜の大雨、今朝は回復した。午後娘が見舞いに来てくれた。

次々と退院して行く直ぐ後に
　新たな患者ベッドを塞ぐ

◆四月八日㈪、九日㈫　再手術四十一、四十二日目

リハビリ、今日より、杖による歩行訓練が加わった。
九日、リハビリの先生より、杖にて病室内の歩行訓練の許可が出た。

◆四月十日㈬　再手術四十三日目

リハビリは杖中心の訓練になった。また、看護師からも病室内杖歩行ＯＫとなる。但し、見守り付きという事である。
今日もレントゲン検査あり。

歩行器と車椅子から解除され
杖の歩行で室内ＯＫ

◆四月十一日㈭、十二日㈮　再手術四十四、四十五日目
リハビリは、杖歩行に、階段上り下りが加わった。
リハビリの先生によると、いよいよ最終段階に来たという事である。
ようやく此処まで来たかと、感無量である。

変わらないそんな思いの日記帳
退院近しの変化が見える

◆四月十三日㈯、十四日㈰　再手術四十六、四十七日目
田舎に居る妹の息子が結婚するという。披露宴参加の通知日が迫っていると、家内が知らせてきた。現状では参加無理と判断し、不参加の通知を出す事にした。

一方、今日十三日は、住まいのマンションの組合の総会があり今年は順番で役員だという。取り敢えず、家内が出席する事にした。

土日でリハビリ休み、見守り付きで七十メートルの廊下を三往復の歩行訓練をした。

久々の結婚式も断って

これが最後の祝いも出来ず

◇四月十五日(月)　再手術四十八日目

リハビリ杖にて階段三往復実施。尚、退院前に外泊訓練が必要とリハの先生が言っていた。

今日、家内からの連絡によると、わが住まいのマンションの四〇二号室で火災が発生、同室が全焼したらしい。メールにて。

◇四月十六日(火)　再手術四十九日目

午後レントゲン撮影があった。リハビリに自転車漕ぎ二十分が加えられ、最後に杖歩行三往復行う。

家内が来院して、昨日の火災の件、話によると昼間の午後の事、窓から噴き出す物凄い煙と、火元は勿論階下の部屋まで水浸し、消防車の放水等で、大騒動だったらしい。我が家は難を逃れた。

我が宅のマンション火災発生し
火元の部屋は全焼被害

◆四月十七日㈬　再手術五十日目

夕刻、整形外科部長と担当医が回診、退院前の外泊訓練をリハの先生と相談して、良ければ今週の後半でも良いという話をした。

◆四月十八日㈭　再手術五十一日目

今朝から、整形外科病棟内の歩行及びトイレ使用等、全て自由行動となった。長い時間かかったが、退院間近という事で許可となったらしい。

昨日話のあった外泊訓練（一時帰宅）の件をリハビリの先生に話し、四月二十日、二十一日の土日と決まった。

今日やっと全ての監視解けたけど
　この日来るまでああ長かった

◆四月十九日㈮　再手術五十二日目

今日、午後に同室のMさんが退院する事になった。Mさんは自宅から駅までの通勤に自転車を使用していたが、ある朝、その通勤時に転んで腰部を骨折、手術をしたという。何と言っても年齢が若い、四十代と思われる。回復も早く、入院期間も二カ月くらいだったとか。とにかく「おめでとう!」。

若さには勝てるはず無いこの歳じゃ
　今の病気に勝てるか否や

リハビリは自転車漕ぎと杖歩行
三往復の階段上り

◆四月二十日㈯、二十一日㈰　再手術五十三、五十四日目

今日二十日から二十二日午後一時まで、退院に向けての外泊訓練する事になり、午前中に病院を出て帰宅した。

二十一日、歩行訓練を兼ねて、久し振りの床屋に行って、帰りにスーパーで買い物して帰った（家内の見守り付き）。

◆四月二十二日㈪　再手術五十五日目

朝食後、近くの公園をゆっくり一周して帰り、早めの昼食を済ませ、一時少し前に病室へ戻った。午後二時からのリハビリ訓練を行った。

また、リハの先生に自宅での様子を報告した。

退院の外泊訓練なる事で
二泊三日の息抜き出来た

◇四月二十三日(火)　再手術五十六日目

リハビリは杖無しで階段二往復の訓練を行う。少しきついが手摺りがあるので、大丈夫であった。

今日からシャワーを自分で申し込む事になり、早速四時からの時間で実施した。

◇四月二十四日(水)　再手術五十七日目

リハビリが午前中に変更になった。杖無し階段二往復、その他通常の訓練を行う。

午後六時、主治医の回診。退院については、リハの先生次第で、何時でも良いという事を言われ、明日リハの先生と話し合うという事である。

退院も間近になってなんとなく
浮つく気分の気を引き締める

◆四月二十五日㈭　再手術五十八日目

リハビリ終了後、リハの先生より、退院についての希望日を聞かれたので、四月三十日を希望した。先生より主治医の先生に伝えると、約束してくれた。

◆四月二十六日㈮　再手術五十九日目

暦は明日から三連休、従ってリハビリも三連休となり、今日で最後のリハビリとなる。通常の訓練を一通り行い終わりと思ったら、先生方の勤務方式が変更になり、三連休の時は交代で出勤する事になったとかで、二十九日㈪は出勤して、リハビリを行うという事である。

◆四月二十七日㈯、二十八日㈰　再手術六十、六十一日目

二十八日午前十時頃主治医が回診に来た。退院についてリハの先生より私の希望日（三十

日）を聞いたそうで、それでOKという事である。

正式に退院許可が出たこの日
缶コーヒーで一人カンパイ

◆四月二十九日㈪　再手術六十二日目

リハの先生の休日出勤で、十時より訓練が行われた。

尚、明日の退院前にもやるので、午前十一時にリハビリ室へ来るようにという事である。

いよいよ明日は、待ちに待った退院である。この五〇三号室へ来てから、既に三人の方が退院して行かれた。明日はようやく私の番がやってきた。先生方の話の様子では、後の三人の方々も、間もなく退院出来そうで、外泊訓練の事も、相談されている方がいた。

今朝、看護師さんより、院内自由行動の許可が出た。

主治医から退院許可が出たとたん
院内自由と縛りが解けた

◇四月三十日(火)　再手術六十三日目

午前十一時のリハビリを最後に退院する事になった。あいにく昼頃より雨の予報が出ているので、リハビリを終了次第すぐ退院する事にした。

十二時少し過ぎに、同室の患者さん達に挨拶、更に看護室にも挨拶して、会計を済ませて病院を後に、タクシーで帰宅したのは一時過ぎであった。

取り敢えず退院出来たものの、まだ容態は不安を残したままである。一週間後にはリハビリの予定もされており、二週間後には主治医の診察も予定されている。回復に向かって頑張り続ける本番は、明日からである。

あとがき

振り返ると、事の始まりは平成二十四年の八月の事である。その後、入退院を繰り返す。延べ七カ月に及ぶ入院生活を余儀なくされて、今に至ったのである。勿論、此処に至るまでの手術に関しては、医師の奨めがあっての事である、しかし、この事の全てが自分の責任で、自ら納得し、承諾した事である。

喜寿を過ぎた人生からすれば、この七カ月はほんの僅かな時間かもしれない、だが、当初からすれば、思ってもみない長期の入院となり、また、貴重な体験でもあった。一患者となってみてからの、病院生活の苦しみ、痛み、特に精神的な悩み、不信、不満等は、そこに居て体験しなければ理解出来ない事であり、まして他人に分かる事ではない。だがこのような事柄も、時間の経過する事によって、当初抱いた個々の思いが、変化してきた事も事実である。特に手術後、最初の頃、心に抱いた不愉快な出来事も、後になって思うと、自らの考えが過剰であったようにも思う。同時に、相手の立場も理解しなければと考えられるようになったのは、ある時、ふと思い浮かんだ短歌調の言葉遊びが、その後の闘病生活に於ける、精神的な苦痛の救いとなったことである。そして今、落ち着いて当時の出来事を思い出し、懐かしく思うのである。

退院から一年を越えた現在も二カ月に一回、病院で主治医の検診を受けている。

尚、退院後のリハビリについては、一カ月に二回から一カ月に一回と変わり、平成二十五年十一月で中止となった。

また、現在は毎朝五時に起床して、脚の筋力トレーニングと健康管理を兼ねて、自宅近くの公園でウオークを約一時間、六時三十分からのラジオ体操（この時間になると体操を目的に人々が集まって来る）をして帰宅する。

朝の公園を歩きながら緑の林から聞こえる小鳥の囀り、四季折々に咲く花、今の季節は「あじさい」が咲き始めている。こうした中でのウオークは、本当に心を和やかにしてくれる。この公園に、三、四年前から飛来するようになった「カルガモ」が居り、五、六月に可愛いヒナが生まれる。このカルガモの子育てのユニークさを、見る事が楽しい。カルガモのヒナは多い時は十羽以上、少ない時でも五、六羽生まれ、家族毎に行動する。子育ては母親らしい。時々陸に上がって散歩し、植え込みの中に入って姿の見えないヒナを、親が外でじっと見守っている。この間隔が面白い。常にヒナの数が揃うまで待って、次の行動を促すように連れ歩く。人が傍に寄っても怖がらないカルガモの仕草は、見る者を飽きさせないのである。

カルガモが親子で散歩あの仕草
　癒やされながら健康ライフ

カルガモは十羽のヒナに目を配り
　付かず離れず子育てしてる

（飽きる事無く眺めちゃう）

今思うあの日あの頃いらだちは
　心も病にかかっていた日

（苦しい時の事を思いつつ）

痛む足引きずりながら歩く時
　手術に賭けた無念さ浮ぶ

（手術なんかしない方が）

散歩中紙と鉛筆ふところに
　光る言葉を練りつつ記す

（歩きながらの出来事）

早起きのウオーク毎日欠かさずに
　歩く治療に期待を寄せる
（ふらつきが治るようにと祈りつつ）

病室へ毎日せっせと通いつめ
　励まし呉れた女房に感謝
（助かりました、有難う）

世話好きか世話焼きなのか内の妻
　カラオケ演歌は『世話好き女房』
（作詞はらやすし〈櫻野〉　作曲岡千秋
　ＤＡＭにて全国配信中）

夕焼けが楽しみだった我が住まい
　マンション建って目隠しされた
（西日が山影に沈む景色が懐かしい）

雨風に打たれて桜散り急ぐ
　あわれみ堪え道にへばりつく
（満開の桜が散った雨上がりの道）

悔しさも怒った事も省みて
お世話になったみんなに感謝　（反省は心素直に）

時が経ち気付かぬ事に気がついて
我が人生の恥の上塗り　（時の経過が戒めをくれる）

リハビリと共に過ごした七カ月
期待と不安の半ばで退院　（退院直前の気持ち）

この度、作品を発表するに当たって、「まえがき」でも少し述べたが、この病気が発病してから、入院、手術に至るまでに、十五年程が過ぎていた。

最初に症状が現れたのは、突然の事だった。ある時マンションの階段を上ろうとしたところ、左足になぜか力が入らないという事態になったのである。「あれ……これは何だろう？」と思いながらも二、三日すれば治るだろうと軽く考えていた。ところが十日程経っても一向に良くならず、近くの整形外科医院で診察したのが、治療の最初であった。ただ、私の場合、不思議な事に痛みが無く、じっと立っているとふらついてしまうのだが、指一本でも柱、壁など、固定された物に触れていれば大丈夫であった。

尚、入院までの治療については、以下に記述するように、開業医の整形外科をはじめ、神経内科、脳神経科、整体師、鍼灸師等々、知人からも良いと言われた所も含め、検査、治療を施したのであったが、一向に改善されず諦めかけていた矢先、朝の公園をウオーク中、携帯ラジオから流れる医師の話を聞いて訪れたのが、今回の入院、手術となった病院である。

私は家内と共に、年に何度かの旅行をしていたが、脚を悪くしてからのツアー旅行では、同行の皆さんの後を、脚を引きずり追いかけて行くのが精一杯という感じであった。その為に、この手術が成功して、旅がもっと楽しいものになることを願ってのことであった。

平成二十四年十月一日の入院から、二十五年四月三十日退院までの、延べ七カ月に及んだ手術の結果を正直に言うと、決して満足出来るものでは無かった。だが、今はそれも結果として、受け入れるしかない現実である。

入院中に抱いた思いや、メモ的に記録した出来事など、当時の状況を思い出し、雑文として纏める事にした。長期入院、手術という初めての体験で、得た事、失った事を整理して、記録として残し、これからの人生の心の糧としたいと思う次第である。

終わりに、この本の発刊の機会を与えてくださいました、東京図書出版編集次長本田利香様はじめ、多くの編集の皆様に、感謝申し上げます。

二〇一四年八月

櫻野泰樹

櫻野　泰樹（さくらの　たいき）

1935年、長野県生まれ。1954年上京し、電気工事会社に就職。その後、建設機械製造及び販売会社へ転職。1996年、同社定年退職。趣味で演歌、歌謡曲の作詞を始める。1997年、作詞の同人誌の会に入会（筆名はらやすし）。現在、日本作詞家協会会員、日本音楽著作権協会所属。

あすなろ日記

腰部脊柱管狭窄症 ── 入院生活151日間

2015年2月6日　初版発行

著　者　櫻野泰樹
発行者　中田典昭
発行所　東京図書出版
発売元　株式会社 リフレ出版
〒113-0021　東京都文京区本駒込 3-10-4
電話 (03)3823-9171　FAX 0120-41-8080
印　刷　株式会社 ブレイン

ISBN978-4-86223-818-4 C0095
Printed in Japan 2015
落丁・乱丁はお取替えいたします。

ご意見、ご感想をお寄せ下さい。

［宛先］〒113-0021　東京都文京区本駒込 3-10-4
東京図書出版